## Ex libris

**Este libro pertenece a**

Bernal Pinilla, Luis Darío, 1950-
    Don Pingüino de la Mancha / Luis Darío Bernal Pinilla ;
ilustraciones Alejandra Barba.-- Edición Mireya Fonseca
Leal. -- Bogotá : Panamericana Editorial, 2008.
    44 p. : il. ; 23 cm. -- (Colección OA infantil)
    ISBN 978-958-30-2927-1
    1. Cuentos infantiles colombianos 2. Pingüinos - Cuentos infantiles I.
Barba, Alejandra, il. II. Fonseca Leal, Mireya, ed. III. Tít. IV. Serie.
    I863.6 cd 21 ed.
    A1153974

            CEP-Banco de la República-Biblioteca Luis Ángel Arango

# Don Pingüino de la Mancha

**Editor**
Panamericana Editorial Ltda.

**Dirección editorial**
Conrado Zuluaga

**Edición**
Mireya Fonseca Leal

**Diagramación y diseño de cubierta**
Diego Martínez Celis

**Ilustraciones**
Alejandra Barba

**Primera edición**, abril de 2008

© Luis Darío Bernal Pinilla
© Panamericana Editorial Ltda.
Calle 12 No. 34-20 Tels.: 3603077 - 2770100
Fax: (571) 2373805
Correo electrónico: panaedit@panamericana.com.co
www.panamericanaeditorial.com
Bogotá, D.C., Colombia

ISBN 978-958-30-2927-1

Impreso por Panamericana Formas e Impresos S.A.
Calle 65 No. 95-28 Tels.: 4302110 - 4300355
Fax: (571) 2763008
Bogotá, D. C. Colombia
Quien sólo actúa como impresor.

Impreso en Colombia                    Printed in Colombia

# Don Pingüino de la Mancha

## Luis Darío Bernal Pinilla

*Ilustraciones*
*Ale Barba*

PANAMERICANA
EDITORIAL

A mis padres Mery y Luis Alfonso
    Catalinito
    Manuela, en San Juan de Pasto (Colombia)
    Daniela Valentina, en Maracaibo (Venezuela)
    Andrés Alejandro, en Orlando (EE.UU.)

—Nooooo —pegó un grito desesperado
Don Pingüino, frente al espejo.

9

—¿Qué pasó? —se despertó Pingüina, extrañada por la exaltación de su compañero, siempre tan tranquilo.

—¿No me ves, Pina?, anoche me agarró la mancha.

—¿Qué dices? —se paró de un brinco Pingüina, acercándose y abriendo tremendos ojazos.

Don Pingüino casi no se veía. Tenía todo
el blanco de su cuerpo, cubierto por una capa
delgada y viscosa de color gris oscuro.
Igual a aquella que estaba oscureciendo los
campos, los ríos, las montañas y los cielos
del Polo Sur.

—¿Y qué vas a hacer? —preguntó, mientras cepillaba la mancha del cuerpo de Pingüino.

—Lo que decidió el Consejo del Polo Sur —habló más tranquilo Pingüino— viajar a la Pampa en busca de ayuda.

—¿¡A la Pampa!? —exclamó entusiasmada Pingüina, quien siempre soñó conocer aquellos lugares donde no había que ponerse abrigos y en donde, pensaba, todo era verde a lo largo del año.

—Sí, mi amor, pero debes quedarte. Volveré pronto, con los amigos de la Pampa que quieran ayudarnos a combatir esta mancha gris.

—Diles que hay muchos pingüinitos con problemas de pulmones. Y que las pingüinas ancianas no salen al campo porque no pueden respirar —le recordó Pingüina, un poco triste por no ir a la Pampa.

Luego de viajar largas horas,
Don Pingüino llegó cansado pero
lleno de esperanza a la Pampa. Cuando
vio las inmensas sabanas y miles
de vaquillas pastando tranquilas
y bien alimentadas por aquellas verdes
praderas, se ruborizó de alegría.
Recordó entonces a Pingüina y sus
deseos de conocer esas tierras.

"Algún día vendrá",
pensaba, cuando una
comitiva de animales de la sabana salió a
recibir a su Hermano del Frío, como lo llamaban,
preocupados por la terrible situación ambiental
que vivía el Polo Sur.

La encabezaba Búho, el sabio estudioso
de los fenómenos ambientales y defensor de
la naturaleza, quien propuso liderar una
expedición de animales de la sabana al sur
del continente.

25

Solidarios con sus congéneres polares,
los animales de la Pampa colocaron canasticas
a los globos que preparaban para Navidad,
abordándolas rumbo al Sur, a descubrir y
combatir el flagelo ambiental que sufrían sus
Hermanos del Frío.

El firmamento de la Pampa
se cubrió de alegría. Decenas
de globos de las más variadas
formas, tamaños y colores
desfilaron hacia el Polo.

A nadie sorprendió
que Búho, inmediatamente entró
en la zona, percibió que el gris
que afectaba la naturaleza polar
tenía una textura viscosa
similar a la del carbón.

Conversando con aves pamperas
que  acompañaban al convoy de globos,
Búho ordenó que todas realizaran vuelos
rasantes sobre la zona en distintas direcciones,
hasta ubicar el sitio en donde, aseguraba,
un escape de sustancia contaminante
afectaba la región.

Efectivamente,
luego de horas de búsqueda,
una llamada al celular de Búho confirmó
su sospecha. Una fábrica de lápices de colores,
por falta de mantenimiento, lanzaba al aire un
humo intensamente gris. Y se esparcía,
llevado por los vientos meridionales,
por todo el Polo Sur.

Ante la emergencia,
los animales sabaneros
propusieron actuar
inmediatamente.
Sabían que al subir
los vientos del Sur
hacia la Pampa,
los daños
serían terribles,
dadas las numerosas
poblaciones
de animales de
esta zona.

Morrocoy Coy propuso utilizar su filtro de aire.
Dicho y hecho. El inventor sabanero
tomó los gases contaminantes producidos en
la elaboración de los lápices grises, cambió su
color por un tono blanco nevado
y neutralizó el tóxico del gas.

Muy pronto,
Pingüino notó
la efectividad del
filtro de aire.
Emocionado, agradeció
a Búho, a Morrocoy Coy
y a todos los animales
pamperos, lo que hicieron
por su tierra, invitándolos
a conocer las extensas
praderas del Polo Sur,
ahora, de nuevo, blancas,
bellas y saludables.

## ¿Quién es la ilustradora?

### Alejandra Barba

Pues yo soy Ale Barba la chica que hizo los dibujos para este libro. Lo que me gustó fue que la historia se llevara a cabo en zonas geográficas muy distintas, eso hizo que hubiera una gran variedad de animales para dibujar y el representar sus hábitats me dejó jugar con paletas de color muy variadas, como los azules y los blancos para el polo y los verdes y amarillos para la pampa. Fue muy divertido.

Aparte de que me gusta pintar les platico que soy mexicana, nací en Guadalajara una ciudad muy grande y bonita, donde casi todo el año sale el sol menos en agosto que llueve tanto que se puede tapar un coche con el agua. Mi color favorito hoy es el rosa mexicano (digo hoy porque siempre ando cambiando de opinión al respecto), y algún día me gustaría tener una bufanda de ese color.

Mis animales favoritos son los caballos, las ballenas, los perros y los hámster.

## ¿Quién es el autor?

### Luis Darío Bernal Pinilla

Abogado, escritor, poeta y crítico bogotano (1950). Promotor internacional de lectura y estudioso de la literatura para niños y jóvenes. Asesor en diseño y elaboración de textos escolares de literatura. Desde la publicación de su novela *Catalino Bocachica* en 1983, Luis Darío Bernal Pinilla es considerado uno de los más destacados escritores de literatura infantil en América Latina. Tiene varios galardones internacionales que hablan de la calidad de sus libros entre ellos El Premio Internacional de Novela para Niños y el Premio en el Concurso Internacional de Literatura Infantil "Casa de las Américas" de Cuba.